TITAN

Collection dirigée par
Stéphanie Durand

Du même auteur chez Québec Amérique

Jeunesse
M.I.A. – Apprentissage profond, coll. Titan, 2023.
M.I.A. – Ma réalité augmentée, coll. Titan, 2022.

- **Prix de création littéraire du Salon du livre international de Québec et de la Ville de Québec 2023**
- **Prix Hubert-Reeves, meilleur ouvrage de vulgarisation scientifique pour la jeunesse 2023**

Tiki Tropical, coll. Titan, 2015.

Série Alibis inc.
Alibis inc. – Intégrale, Hors collection, 2018.
Alibis inc., Tome 4 – Avis de tempête, coll. Titan, 2011.
Alibis inc., Tome 3 – Le Projet Tesla, coll. Titan, 2010.
Alibis inc., Tome 2 – Jeu de dames, coll. Titan, 2007.
Alibis inc., Tome 1, coll. Titan, 2006.

M.I.A.
Ma réalité augmentée

Projet dirigé par Stéphanie Durand, éditrice

Conception graphique et mise en pages : Audrey Guardia
Révision linguistique : Sabrina Raymond
En couverture : Montage fait à partir des illustrations de Tim Mossholder / unsplash.com, Starline / freepik.com, rawpixel.com / freepik.com et Chipmunk131 / shutterstock.com

Québec Amérique
7240, rue Saint-Hubert
Montréal (Québec) Canada H2R 2N1
Téléphone : 514 499-3000

Nous reconnaissons l'aide financière du gouvernement du Canada.

Nous remercions le Conseil des arts du Canada de son soutien.
We acknowledge the support of the Canada Council for the Arts.

Nous tenons également à remercier la SODEC pour son appui financier. Gouvernement du Québec – Programme de crédit d'impôt pour l'édition de livres – Gestion SODEC.

Canada

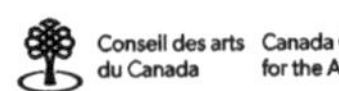

SODEC Québec

Catalogage avant publication de Bibliothèque et Archives nationales du Québec et Bibliothèque et Archives Canada

Titre : M.I.A. / Fabrice Boulanger.
Noms : Boulanger, Fabrice, auteur. | Boulanger, Fabrice. Ma réalité augmentée.
Collections : Titan jeunesse.
Description : Mention de collection : Titan | L'ouvrage complet comprendra 3 tomes. | Sommaire incomplet : t.1. Ma réalité augmentée.
Identifiants : Canadiana (livre imprimé) 20220012695 | Canadiana (livre numérique) 20220012709 | ISBN 9782764447727 | ISBN 9782764447734 (PDF) | ISBN 9782764447741 (EPUB)
Classification : LCC PS8553.O83815 M53 2022 | CDD jC843/.54—dc23

Dépôt légal, Bibliothèque et Archives nationales du Québec, 2022
Dépôt légal, Bibliothèque et Archives du Canada, 2022

quebec-amerique.com

Quatrième réimpression : mai 2025

Imprimé au Canada

FABRICE BOULANGER

QuébecAmérique

À chaque instant d'une vie, c'est à nous et à nous seuls que revient la responsabilité de prendre de bonnes décisions. Il y a des choix qui ne concernent que nous. Dans les moments difficiles, c'est chacun pour soi.

On s'en rend compte rapidement lorsqu'on pratique un sport à risques.

Quand je suis suspendu à un fil, sur le flanc d'une falaise, à trente mètres au-dessus du sol, je suis seul à décider d'où mettre les pieds, même si mes coéquipiers sont là. Un mauvais choix et c'est la chute. Je suis mon seul maître.

Du moins, ça, c'est ce que je croyais avant de rencontrer Mia.

C'est mon père qui m'a proposé de passer d'une concentration sportive à une concentration musicale. Pour une fois qu'il s'occupe de moi, et qu'il s'intéresse à ce que j'aime !

De toute manière, depuis mon accident, reprendre le sport à un niveau compétitif n'était plus envisageable.

J'adore la musique. J'ai déjà essayé la guitare, mais je ne comprends rien au solfège.

Je ne sais pas si je serai à la hauteur.

Et puis c'est une classe de troisième secondaire. Ça fait deux ans que les élèves jouent ensemble. Ils ont un niveau que je n'ai pas.

Mon père m'a dit de ne pas m'inquiéter. Mia serait là pour m'accompagner et me donner un coup de main.

Pour faciliter mon entrée, il a fait croire que j'avais déjà joué dans un band et que j'étais bon avec les instruments à cordes.

Quand mon père a un projet en tête, rien ne l'arrête.

En tout cas, ça a marché. Il manquait un membre à la formation. Ma candidature est arrivée juste à point.

Ma rencontre avec les élèves de ma classe a lieu lors de notre premier cours de musique.

Me voilà aussitôt installé à la place que l'on m'a indiquée, au cœur de l'orchestre, avec une partition devant moi. Je suis moins enthousiaste.

Avant même que j'aie eu le temps de faire connaissance avec les autres, tout le groupe est prêt à jouer le morceau.

J'ai l'impression que je vais vite me faire repérer comme le plus nul de la gang.

J'essaie de parler de mes craintes à mon prof, monsieur Patrick.

— Ça fait un moment que je n'ai pas joué du violon…

Mia, qui n'est jamais très loin, me corrige :

— *C'est un violoncelle.*

L'enseignant ne tient pas compte de ma remarque.

— Pas de panique, ce n'est pas grave si ça ne marche pas du premier coup. L'important, c'est d'essayer…

Mia ne peut pas s'empêcher d'en placer une.

— *Il s'agit d'un morceau issu de la bande originale du jeu* Detroit: Become Human.

— *Mia, je ne sais pas lire les notes !*

Décidément, personne ne semble faire attention à ce que je dis.

Je suis dans un cauchemar.

Plus le temps de protester, le prof prend place devant nous et bat la mesure.

— Trois, quatre…

Tout l'orchestre commence.

Je jette un œil aux autres élèves. Ils sont tous concentrés sur leur instrument. La fille qui est derrière moi me fait signe de me retourner et de commencer.

Je respire un grand coup, prêt à produire un déluge de fausses notes.

J'attrape l'archet.

Je caresse les cordes.

Contre toute attente, ça ne sonne pas si mal.

Mon poignet attaque les cordes avec plus de vigueur. Je n'en crois pas mes oreilles.

Les notes s'enchaînent.

Je tiens le rythme.

Ça semble juste.

Je ne contrôle pas mes doigts, ils glissent tous seuls sur les cordes.

L'archet suit la cadence.

J'arrive à la fin du morceau. Pas une seule fausse note.

Le prof me regarde.

— Pour un premier essai, c'était réussi !

Je n'en reviens pas. Je regarde mes doigts.

Qu'est-ce qui vient de se passer ?

Oui, j'ai eu un accident, et j'ai peut-être égaré quelques souvenirs en chemin, mais je suis certain d'une chose : je n'ai jamais touché un violoncelle de toute ma vie.

Six mois auparavant.

Mes yeux ont du mal à s'ouvrir.

J'ai l'impression d'avoir dormi très longtemps.

Je ne suis pas dans ma chambre, je suis sanglé à une table verticale. Le local est grand, spacieux. L'éclairage est froid. Je distingue des néons au plafond.

Je suis dans un labo.

Mon père, face à moi, me dévisage en buvant une boisson énergisante.

Il me parle.

— Neuf mois. Ça fait neuf mois. Pourtant, t'as plutôt bonne mine, fiston. Bon retour dans le monde !

Ma voix est coincée au fond de ma gorge, il n'y a pas de son qui sort.

— Neuf mois que tu es dans le coma, poursuit mon père.

Mes souvenirs sont flous.

La montagne, la corde d'escalade.

— Bon, pas un vrai coma, évidemment, un coma artificiel. C'était nécessaire, dit-il.

Je me souviens d'un drôle de bruit. Je rebondis sur les rochers, la corde qui défile.

— Lorsqu'on t'a récupéré, les médecins n'y croyaient pas eux-mêmes, mais tu respirais encore. Tu nous as fait une sacrée peur.

Je suis tombé, je me souviens.

Le bruit de mes os qui craquent en percutant la paroi.

— Le pronostic n'était pas bon. Tes bras, tes jambes, tes mains, une bonne partie de ton corps étaient en bouillie.

Je penche difficilement la tête, je regarde mes mains. Elles ont pourtant l'air en bon état.

— Oh, tu peux regarder, c'est du travail de pro ! Ce n'était pas le plus gros problème. Après plusieurs semaines à l'hôpital, il a fallu convaincre certains médecins de signer une clause de confidentialité puis de travailler ici avec nous, à l'abri des regards.

J'essaie de bouger mes doigts... rien. De plier mon coude... rien.

Mon père me fixe. Il met sa main sur ma nuque comme pour me rassurer.

Juste à ce simple geste, que mon père ne fait jamais, je comprends que ma situation est grave.

— Rupture de la moelle épinière, Damien. Entre les cervicales C5 et C6. Tu es tétraplégique. Paralysé des quatre membres.

Mon père marque un temps d'arrêt. Clairement, il a eu le temps de se faire à l'idée, lui, mais moi j'ai besoin de temps pour digérer l'information.

— Pas vraiment le genre de nouvelle qu'on a envie d'entendre, n'est-ce pas ? En tant que parent non plus.

Mon père a toujours été direct. Il ne tourne pas autour du pot, il n'a pas le temps pour ça. Mais, sur le coup, cette nouvelle m'arrive comme une claque en pleine figure.

Je bredouille difficilement.

— Je... quoi ?

Je n'ai mal nulle part et on dirait presque que j'ai ouvert les yeux sur un matin comme les autres, mais c'est la première fois que je m'éveille depuis l'accident ! Neuf mois ! Je suis resté inconscient neuf mois ! Ma mère n'est même pas là, et mon père qui m'explique tout ça froidement ? C'est à n'y rien comprendre.

— Damien, ta mère et moi avons longtemps réfléchi. Nous avons pris une décision.

Que ces deux-là soient parvenus à s'entendre alors que ça fait des années qu'ils ne se voient plus, ça aussi c'est surréaliste!

— Nous avions deux solutions: soit te laisser vivre avec un handicap qui te clouerait dans un lit pour le restant de tes jours, soit tenter autre chose.

— Autre chose?

— T'offrir une chance d'avoir une vie normale. Tenter quelque chose qui n'a jamais été fait.

Je quitte le local de musique pour me rendre à la cafétéria. L'étudiante qui était derrière moi me tire par la manche.

Aussitôt, un drôle de phénomène se produit : tout mon bras est secoué d'un spasme qui ressemble à un choc électrique. Par chance, elle ne s'en aperçoit pas.

— Ohé, attends ! C'était vraiment bien. Tu joues depuis longtemps, avoue ?

Je ne sais pas quoi répondre. Je n'aime pas mentir, mais d'un autre côté, si je dis que c'est la première fois, elle ne me croira pas non plus.

— J'ai arrêté pendant plusieurs années.

— Ça ne se remarque pas ! Moi c'est Jasmine, dit-elle en me tendant la main.

C'est bien la première fois qu'une fille vient se présenter aussi facilement à moi ! Je ne sais pas trop comment réagir. Je lui serre la main.

Une nouvelle petite décharge se produit.

— Enchanté, moi c'est Damien.

— Tu es nouveau dans l'école, c'est ça ?

— Oui, j'ai changé de concentration cette année.

— Tu faisais quoi, avant ?

— Concentration sportive.

— Ça ne te plaisait pas ?

— Bien sûr que oui !

— Qu'est-ce que tu fais ici, alors ?

Pas question de dévoiler les vraies raisons de ma présence.

— J'ai fait une chute, le médecin a conseillé de freiner le sport pour un temps.

— Oh, pas drôle, ça.

Jasmine m'emboîte le pas. Nous marchons ensemble dans le couloir.

— As-tu l'heure, Damien ?

— Tu as oublié de charger ton cellulaire ? dis-je sur le ton de la plaisanterie.

— Moi, un cellulaire ? Jamais de la vie ! J'ai trop tendance à faire boguer tout ce qui est électronique. Mauvais karma.

Mia me souffle à l'oreille :

— *Onze heures quarante-sept.*

— À la position du soleil, je dirais onze heures quarante-sept.

Jasmine éclate de rire.

— On est dans un couloir, là ! Tu vois le soleil, toi ?

Je souris à mon tour.

— Désolé, non, j'ai pas l'heure.

— T'as oublié de charger ton cell ? me taquine Jasmine à son tour.

— Je n'en ai pas non plus.

— Sérieux ? Tu es la deuxième personne que je connais qui n'en a pas !

— Qui est l'autre ?

— Moi !

— Ça fait de nous des « étranges » !

Jasmine rigole.

— Et tu sais où se trouve la cafétéria, Damien ?

Mia intervient :

— *Au fond du couloir à droite, puis descendre l'escalier, tourner à gauche, puis deuxième porte à droite.*

Mais je ne suis pas obligé de me fier en permanence à mon ordinateur de bord !

— Non, tu me montres ?

Mon père me laisse digérer l'information qu'il vient de me donner.

Je suis paralysé.

Mes yeux commencent à s'habituer à la lumière vive du local. Je suis déjà venu ici.

Je suis dans un des laboratoires informatiques de l'entreprise que mon père a fondée.

La société AlterEgo est spécialisée dans le développement d'intelligences artificielles pour différentes applications.

J'ai mille questions en tête.

Que vais-je faire de ma vie si je ne peux plus bouger?

Et si je suis dans le coma depuis neuf mois, pourquoi suis-je dans ces bureaux alors que je devrais être dans un hôpital?

Mon père allume plusieurs machines et ordinateurs derrière lui.

— Papa, est-ce que j'ai une chance de remarcher? Je pourrai reprendre l'escalade? Qu'est-ce que je fais ici? C'est quoi, cette solution? Mes bras, mes mains, ils n'ont pas l'air si abîmés!

Chaque mot qui sort de ma bouche me donne l'impression de parcourir un tapis de copeaux de bois, tellement ma gorge est sèche.

— Tes membres, ça a été un vrai travail d'horloger. J'ai dû faire appel aux meilleures prothésistes du monde. Même chose: clause de confidentialité, évidemment! Une job de dingue, dit-il en avalant une gorgée de sa boisson. À part quelques cicatrices, c'est quasiment impossible de deviner que sous ta peau se cachent des prothèses haute performance. Mais, au final, le vrai défi, c'était de faire fonctionner tout ça ensemble.

— Faire fonctionner? dis-je en toussotant.

— Oh j'oubliais!

Il me tend un gobelet d'eau avec une paille. J'en avale une longue gorgée. Mon père me sourit.

— Ça va mieux?

Ces petits gestes anodins sont surprenants venant de lui.

J'opine de la tête.

— Il n'y a plus aucun lien entre ton cerveau et ta moelle épinière, Damien. Or c'est elle qui commande tes nerfs et tes muscles. C'est comme si on enlevait les fils entre un ordinateur et ses périphériques. Ta colonne vertébrale, c'est le hub USB pour tes membres et là, le hub n'est plus branché à ton cerveau.

— Mais on ne peut rien faire pour arranger ça?

— Non, jusqu'à aujourd'hui, on ne pouvait rien faire.

— Alors pourquoi m'avoir mis des prothèses dans les membres si je ne peux plus les faire bouger?

Mon père s'approche de moi, il me dévisage.

Je n'ai pourtant pas l'impression d'avoir dit une niaiserie.

Il passe sa main sur mon épaule comme pour la dépoussiérer.

— Parce que, précisément, ce n'est pas toi qui vas les faire bouger.

J'arrive dans la cafétéria. Il y a beaucoup d'élèves.

Jasmine propose :

— Je vais m'asseoir avec mon chum à la table, là-bas. Tu peux venir, si tu veux.

Évidemment, lorsqu'une fille s'adresse à moi, elle a un chum, c'est toujours comme ça, c'est une règle mathématique !

Je ne suis pas vraiment à l'aise pour rencontrer plein de nouveau monde. Mes parents prétendent que je suis timide. Disons que je préfère prendre mon temps.

Et puis, je n'aime pas trop la foule.

— Il y a beaucoup de monde. Je crois que je vais aller manger dans le coin des casiers. On se verra tout à l'heure.

— Comme tu veux, dit Jasmine en s'éloignant.

En me rendant aux casiers, je croise un autre gars de ma classe. Je l'avais remarqué tout à l'heure, avec son sac représentant un hamburger et deux chaussures pas pareilles. Il dévore son sandwich d'une main et joue sur son portable de l'autre en le secouant dans tous les sens.

— Hé, c'était bon, tout à l'heure, lance-t-il en avalant une bouchée. Tu t'es bien débrouillé !

Je lui souris en hochant la tête.

— Merci.

— En tout cas, ça va faire du bien au groupe d'avoir quelqu'un qui joue bien de son instrument. L'autre gars, l'année passée, il ne pratiquait pas beaucoup.

Il me tend une main barbouillée de mayonnaise.

— Oh, au fait, moi c'est Hugo.

— Damien, dis-je en levant la main en guise de salutation.

— Il y a des tables là-bas, dans le couloir, on peut aller s'asseoir, si tu veux.

— Peut-être plus tard…

Plus tard parce que, j'ai beau faire comme si tout était normal, le seul à ne pas être convaincu, c'est moi-même.

On n'arrête pas de me dire que je joue bien alors que je n'ai jamais appris le violoncelle.

Je veux comprendre ce qui s'est passé.

Direction : le local de musique.

Mon père m'enfile une paire de lunettes sur les yeux.

— Quoi, j'ai aussi un problème de vision en plus de tout le reste?

— Ce n'est pas pour toi. Ces lunettes sont bourrées de capteurs et de caméras. Évite de t'asseoir dessus, elles coûtent une fortune.

— Papa, je ne peux plus bouger, mais j'ai des prothèses. Je vois très bien, mais tu me mets des lunettes. Je ne comprends rien.

Sans dire un mot, mon père retourne à ses ordinateurs.

Il a toujours été assez secret, mon père. Il ne parle pas beaucoup. Il est dans sa tête à réfléchir à mille choses en même temps, ou hypnotisé par un écran à essayer de résoudre un problème informatique. C'est probablement pour ça que ma mère l'a quitté. Il est trop passionné.

Parler aux gens, me parler à moi, ça n'a jamais été son truc.

— On va faire un essai..., dit-il en attrapant une tablette et en pianotant dessus.

Aussitôt, c'est comme si j'avais un feu d'artifice devant les yeux. Ces lunettes sont semblables à deux écrans transparents. Une foule d'informations défilent à toute allure comme quand on allume un vieux PC.

— Wow, c'est pour de la réalité virtuelle? dis-je, intéressé.

— C'est plus compliqué. Je vais démarrer le système. Tu vas comprendre.

Il tape encore sur sa tablette.

Mes lunettes semblent calmées. Quelques informations s'affichent encore puis disparaissent.

Mon père se tourne vers moi.

— Mia, initialisation.

Je ne ressens rien de particulier, mais tout mon corps semble parcouru par une série de petits mouvements. Comme si on me donnait de mini chocs électriques.

Puis, quelqu'un me parle à l'oreille.

— *Système opérationnel. Bonjour, Damien.*

Je pivote ma tête à gauche, à droite. Il n'y a personne autour de moi.

— Qui parle?

— Ah, alors, tu l'entends! Bonne nouvelle! s'exclame mon père, enthousiaste.

— Mais j'entends qui ? C'est comme si on me chuchotait à l'oreille ! Tu ne l'entends pas, toi ?

— Tu es le seul à entendre Mia, grâce aux écouteurs dans les branches de tes lunettes.

— Mia ? C'est qui ? Elle est où ?

Mon père lève les yeux de sa tablette.

— Elle n'existe pas.

— OK, Mia, on s'assoit devant le violoncelle et on prend l'instrument.

Je m'installe à ma place.

— Je veux rejouer la musique que nous avons jouée tout à l'heure.

— Il s'agissait de Kara Main Theme *de* Detroit: Become Human.

Je m'exécute sans la moindre faute.

J'attrape une guitare acoustique. Je me souviens d'une mélodie que ma mère aime bien. Je la fredonne.

Mia m'en donne le titre immédiatement.

— Il s'agit de Greensleeves, *un classique anglais.*

Automatiquement, je vois mes doigts se mettre à courir le long des cordes et restituer exactement la musique que j'avais en tête.

Je vois le piano. Je pense à la musique d'un vieux film que j'ai vu avec mon père.

— Tubular Bells *de Mike Oldfield*, complète Mia.

Et voilà que mes doigts se mettent à en jouer la musique sur le clavier.

Après quelques secondes, j'entends une voix derrière moi.

— Impressionnant ! s'exclame mon professeur de musique.

Il était assis au fond de la classe, derrière la section des cuivres. Je ne l'avais pas vu.

— Tu sembles aussi à l'aise avec un violoncelle, une guitare qu'un piano. N'essaye pas de me faire croire que tu débutes en musique, Damien ! Explique-moi.

— À cause de la fracture de ta colonne, ton cerveau n'est plus en lien avec tes bras et tes mains. Même en remplaçant les membres endommagés, ça ne pouvait pas fonctionner.

— Pourtant, vous m'avez installé des prothèses!

— Les lunettes que tu as sur le nez sont très perfectionnées. Elles ont une série de capteurs qui décryptent les signaux de ton cerveau. On appelle ça une «interface neuronale». En gros, cette interface lit tes pensées.

— Elle quoi? Mais pour quoi faire?

— Pour les envoyer à Mia.

— Encore elle!

— Mia est ta Matrice d'Intelligence Artificielle. M.I.A. Nous l'avons créée ici. Elle fonctionne sur les serveurs de notre entreprise.

— Vous voulez lire mes pensées avec une intelligence artificielle?

— Ce n'est pas tout à fait ça. Mia est autonome, elle décrypte tes pensées. Elle en tire une série de conclusions qui lui permettent de renvoyer des données à tes membres bioniques. Ainsi elle peut les contrôler.

— Mia peut me faire marcher?

— Tu as tout compris. Il suffit que tu souhaites aller quelque part, que tu aies besoin de prendre quelque chose, de faire un mouvement particulier comme écrire, te coiffer, mettre ton manteau, pour que Mia prenne les commandes et exécute le mouvement.

— *Si tu le désires, Damien, nous pouvons faire un essai*, me suggère la voix féminine.

Mon père suit notre conversation sur sa tablette.

— C'est l'occasion, dit-il avec un sourire satisfait. Il te suffit de penser pour communiquer avec Mia.

Il détache les sangles qui me retenaient à la table verticale.

Mon corps vacille. La sensation est très étrange. Je suis debout, en équilibre, mais sans gérer mon équilibre.

— Je vais tomber. Je ne suis pas très à l'aise.

— Ne t'inquiète pas, nous avons testé Mia pendant des centaines d'heures alors que tu étais encore dans le coma. Comme tu n'étais pas conscient pour lui envoyer des commandes, je l'ai téléguidée avec ma tablette. Elle est parfaitement au point. Tu ne tomberas pas. Pense à la direction où tu veux aller.

Je pense trois pas en avant.

Miracle, je marche de façon saccadée, mais mon corps fait exactement ce que je lui demande.

Je recommence en m'asseyant sur un siège de bureau. Ça marche aussi.

— Tes lunettes captent tout ton environnement ainsi que les mouvements de tes pupilles. Grâce à toutes les informations que Mia peut ainsi récolter, elle sait exactement quoi faire.

Je ne peux m'empêcher de constater une évidence :

— Donc en gros, je peux marcher et bouger, mais maintenant, je vais avoir l'air d'un robot !

— Avec de l'entraînement, vous allez acquérir de la sensibilité, c'est juste une question de pratique. Je suis convaincu qu'en alliant une I.A. à un humain, l'I.A. peut perdre son côté machine pour devenir beaucoup plus sensible. Ça, ça va être ta job.

Mon professeur attend une réponse… et moi aussi. Comment lui expliquer la prouesse que je viens d'accomplir ?

— Alors, dis-moi, Damien, tu as suivi des cours sur tous ces instruments ?

J'interroge Mia.

— *Mia, je n'ai jamais touché à ces instruments avant aujourd'hui, mais dès que j'en prends un en main, c'est comme si j'en avais joué toute ma vie.*

— *J'utilise les banques de données disponibles en ligne pour retrouver les morceaux que tu fredonnais.*

— *Mais j'ai pu les jouer !*

— *Je peux lire les partitions qui sont disponibles en ligne ! Une fois la partition trouvée, je transpose les mouvements à faire sur les bras bioniques.*

J'essaie de trouver une réponse plausible pour mon professeur.

— J'aime bien toucher un peu à tout. Ce sont des morceaux que j'ai appris sur Internet.

— Ton doigté est trop mécanique, il manque de sensibilité. Mais dans l'ensemble, ce n'est pas mal du tout. Tu as suivi des cours de solfège ?

— Mia, mon père t'a intégré un programme de musique, c'est ça ?

— J'ai appris le solfège grâce aux ressources que j'ai trouvées en ligne.

— Pendant que j'étais dans le coma ?

— Non, en recevant la partition avant la répétition.

— Quoi ? Mais on a commencé à jouer trente secondes après l'avoir reçue !

— Vingt-trois secondes et deux centièmes, exactement !

— Oui, enfin, en autodidacte, là encore, avec ce que j'ai pu trouver sur Internet. Je ne connais pas toutes les gammes.

— Ça veut dire que je peux jouer n'importe quelle musique sur n'importe quel instrument ?

— Si l'instrument est contrôlé par les bras ou les jambes, oui.

— Avec la pratique, je me débrouille.

— Justement, j'ai bien envie de te lancer un défi : un de mes guitaristes de cinquième secondaire est malade. Il devait jouer un morceau en duo juste avant le discours de bienvenue du directeur pour les premières années et leurs parents. J'ai une pratique ce soir après les cours, avec le guitariste restant. J'aimerais que tu viennes faire un tour. Comme on joue le morceau jeudi prochain, ça te laisse le temps de pratiquer. Tu vas compléter le duo.

— Toi et Mia allez rester ici quelques mois pour vous donner le temps de vous exercer. Il n'est pas question que tu reprennes l'école et que tu aies une vie normale tant que vous n'aurez pas appris à bouger ensemble. Vous allez acquérir de la souplesse, des réflexes.

— Je ne pourrai pas me passer d'école éternellement!

— Techniquement, tu pourrais, Mia a accès à toutes les ressources du Web en temps réel. Elle est assez douée pour deux, avoue mon père en vérifiant quelques réglages sur mes lunettes.

— Comment ça?

— Mia a accès à une multitude de ressources, mais elle ne sait pas comment les exploiter dans la vie réelle. Ça n'aurait aucun intérêt de la garder ici pour faire des tests indéfiniment. Il faut lui faire affronter le monde.

— Donc?

— Tu as eu ton accident en mai, on est en février. Tu reprendras les cours en septembre quand vous serez au point.

— À mon ancienne école?

— Hors de question; pour eux, tu souffres d'un handicap lourd. Tu as été placé dans un hôpital spécialisé à l'autre bout de la province. Il y aurait de trop gros soupçons s'ils te voyaient revenir comme si de rien n'était. Nous sommes en train de déménager pour éviter qu'ils te revoient.

— Pourquoi?

Mon père dépose la tablette sur la table. Il se gratte la tête.

— Damien, il faut que tu comprennes qu'un projet comme le tien est unique. Nous allons tout faire pour qu'il fonctionne et si c'est le cas, ce sera une révolution pour ce genre de handicap. Mais Mia est un prototype. Pour le moment, c'est préférable qu'il reste secret.

— Parce qu'il peut rater?

Mon père ne répond pas.

— Papa?

Je précise ma pensée:

— S'il ne fonctionne pas? Si je ne m'habitue pas à Mia?

Mon père me fixe.

— Tu seras invalide pour le restant de tes jours.

— Quoi ? Non, mais, sérieux ? C'est toi qui vas faire le duo de guitare pour le concert ! me lance Jasmine, que je retrouve à l'entrée de la classe de notre cours de maths.

— Monsieur Patrick a semblé dire que c'était dans mes cordes, dis-je, très fier de mon jeu de mots.

— Il paraît que ce n'est pas un morceau si facile que ça. On a plusieurs bons guitaristes dans notre classe, ça m'étonne que ce soit à toi qu'il l'ait demandé !

— Je crois que c'est justement pour voir si je suis au même niveau que vous autres.

— Donc, en gros, tu as une semaine pour répéter ! C'est court.

— Le prof m'a dit qu'il fallait surtout que je pratique ma sensibilité. Je suis curieux de savoir avec qui je vais jouer.

— Oh ! s'exclame Jasmine, ça, ce n'est pas très compliqué, je peux te le présenter.

Jasmine me tire par le bras.

Mia ne comprend pas la commande. Frisson électrique. Mes lunettes semblent s'embrouiller.

— Voyons, tu l'as senti ? s'exclame Jasmine. Chaque fois qu'on est proches, on se prend une décharge !

Jasmine insiste en me tirant par le bras.

Je reste planté là, figé comme dans du béton.

— Viens-t'en ! insiste Jasmine.

— *Mia, avance, suit la direction qu'elle te donne !*

— *Elle ne peut pas me donner de direction. Je n'ai pas accès à son cortex cérébral, Damien.*

— *Eh bien, suis-la, tout simplement !*

Mon corps se met à suivre Jasmine. Elle m'emmène près des casiers de cinquième secondaire.

Jasmine se faufile jusqu'à un grand gars. Il a plus le physique d'un joueur de football que d'un guitariste.

— Je te présente Maxime, s'exclame Jasmine. Max, voici Damien, c'est lui qui va jouer avec toi pour le duo de guitare la semaine prochaine.

Le garçon me dévisage.

— Je vais jouer avec un petit de secondaire trois ? C'est quoi, cette histoire ?

— Arrête de nous appeler les « petits », proteste Jasmine en lui envoyant un coup de coude dans les côtes, c'est monsieur Patrick qui le lui a proposé. Faut croire qu'il n'est pas si mauvais !

— Et tu connais déjà le morceau ? C'est *The Replicant* du groupe Deckard.

— Non, je n'ai pas encore reçu la partition, dis-je, un brin intimidé.

— Je te laisse la surprise, alors. J'espère que tu seras à la hauteur. Ça prend du doigté. On a rendez-vous en fin de journée. J'imagine que tu es au courant !

Maxime s'engouffre dans le couloir pour rejoindre sa classe. Je me tourne vers Jasmine.

— Il est toujours aussi sympa ?

— Bah, d'habitude, il est cool. Je crois surtout qu'il est frustré que ce ne soit pas son ami qui joue le duo avec lui. Ça fait un moment qu'ils pratiquent la toune ensemble, explique-t-elle alors que nous repartons vers notre classe.

— Dis donc, tu as l'air de bien le connaître !

— Forcément, c'est mon chum !

Mon père va s'asseoir sur le rebord d'un bureau du labo. Il réfléchit, puis revient vers moi.

— Elle va faire des erreurs, c'est évident. Apprendre à marcher, à manger, monter des escaliers, tout ça, c'est la base, mais il y a une infinité d'autres mouvements, de réactions qu'elle doit acquérir et développer pour gagner en naturel. Nous ne savons pas du tout comment Mia va réagir en société. Tout ça est très... motivant!

L'excitation de mon père est évidente. Je ne peux m'empêcher de penser à ma mère qui le compare toujours à un savant fou. J'ai l'impression d'être devant le professeur Frankenstein qui voit sa créature prendre vie.

— En gros, je suis ton nouveau jouet.

Mon père me dévisage.

— Tu es mon fils, Damien, mais par la force des choses, je ne pourrai pas nier que tu es aussi un cobaye. Tester une technologie comme celle dont tu es équipé n'aurait pas été possible sur un animal. Il fallait quelqu'un capable de nous donner un retour, quelqu'un qui puisse faire évoluer Mia.

— Donc, je n'irai pas à l'école pour moi. J'irai pour éduquer ta machine!

— Tu iras à l'école pour apprendre à vivre avec la seule entité apte à te maintenir valide. Tu iras à l'école parce que ta mère et moi préférons te savoir en train de faire des activités avec des amis plutôt que cloué définitivement dans un lit!

— C'est vraiment ce que pense maman??

Mon père me tourne le dos et poursuit vers son ordinateur. Il attrape sa canette sur le bord de son bureau et la lève au-dessus de sa tête comme pour porter un toast.

— Ta mère nous a laissés entre hommes!

— Elle connaît ton projet?

— Damien, je ne suis pas assez déconnecté pour t'infliger une opération de ce niveau sans avoir son accord absolu! Évidemment, qu'elle est au courant! Et, assez étonnamment, elle m'a fait confiance... probablement parce que j'étais le seul à proposer une alternative.

— Pourquoi elle n'est pas ici?

— Elle ne voulait pas assister à ta «reconstruction». Je crois qu'elle avait certaines appréhensions. Elle est passée lorsqu'une bonne partie de tes opérations a été terminée. Elle était contente d'être là, mais en même temps, te contempler sur un lit d'hôpital, branché à toutes sortes de machines, elle a eu du mal à le supporter.

— Quand est-ce que je vais la voir?

— Elle a souhaité attendre que tu ailles mieux et que tu sois plus «fonctionnel». Et puis, j'ai besoin que tu te concentres sur ta relation avec Mia. Nous allons travailler en petit comité durant quelques mois. J'ai promis à ta mère qu'elle viendrait dès que nous aurions des résultats satisfaisants. Pour le moment, elle n'est pas une priorité.

En fin de journée, alors que j'arrive pour la répétition du duo de guitare avec mon prof, Mia est intriguée.

— *Je perçois une déception chaque fois que Jasmine parle de son « chum »*, remarque-t-elle. *Peux-tu m'expliquer pourquoi ? Je ne comprends pas.*

Je n'ai pas une folle envie de discuter de ce sujet avec mon ordinateur de bord.

— *Pour rien, je la trouve sympa, c'est tout.*

— *Pourquoi cette déception avec « chum » ?*

— *Laisse tomber, Mia, on s'en parlera plus tard.*

Aussitôt, Mia lâche mon sac sur les pieds de mon professeur qui arrivait derrière moi.

Bon sang, cette machine ne comprend vraiment rien.

— Désolé, dis-je, confus.

— Rien de grave, me rassure mon professeur. Prends un instrument et va t'asseoir.

— Mia, je ne parlais pas de « laisser tomber » mon sac ! Je voulais dire : abandonne le sujet « chum » pour le moment.

— Compris.

— Maintenant, j'aimerais reprendre mon sac et entrer dans la classe, s'il te plaît.

Mon prof de musique s'installe. Maxime, qui est déjà là, ne semble pas avoir envie de me voir. Notre prof nous tend une partition.

— Jette un œil là-dessus, Damien. Dis-moi si ça te convient.

Je regarde la feuille qu'il m'a donnée. Inutile de dire que je n'y comprends rien.

— On va répéter la première partie uniquement, précise monsieur Patrick.

— Mia, est-ce qu'on peut y arriver ?

— Bien sûr, Damien.

Je saisis la guitare et fais signe à mon enseignant que je vais le tenter.

Il lance la première mesure. Les notes s'enchaînent à la bonne cadence.

Je sens Maxime sur la défensive. Il ne semble pas très content que je m'en sorte aussi facilement.

Le prof nous arrête.

— OK, Damien. Pour la mélodie, les notes, le tempo, c'est bon, mais essaye de mieux sentir le morceau. Ce n'est pas une équation mathématique que tu joues, c'est une mélodie, une histoire d'amour en musique, il faut y mettre plus de passion.

J'observe Maxime du coin de l'œil, il rigole discrètement.

— Monsieur, il y a d'autres élèves en secondaire cinq qui peuvent jouer ce morceau, pourquoi vous prenez un secondaire trois ? demande-t-il.

— Parce que je pense qu'il peut y arriver. Il ne s'en sort pas mal. On reprend.

Quelques notes plus tard, Patrick nous arrête de nouveau.

— Trop mécanique, Damien. On va tester la seconde partie du morceau.

Nous jouons quelques mesures. Nouvel arrêt, mon professeur réfléchit.

— Hum, je pense que dans un premier temps, je vais te laisser répéter chez toi pour que tu te familiarises avec la musique. Il faut que tu améliores ta souplesse, surtout si ça fait un moment que tu n'as pas joué. On se retrouve après la fin de semaine pour une nouvelle répétition.

Je sens que Maxime exagère son mécontentement pour bien me faire comprendre que je ne suis pas à ma place.

Il referme sa housse de guitare d'un coup sec et se tourne vers moi.

— T'as pas intérêt à niaiser, *man*, j'ai pas envie de passer pour le nul qu'on a mis là pour accompagner un débutant de secondaire trois.

Instinctivement, j'aurais bien envie de lui envoyer un coup, mais vu sa carrure, je me retiens de…

Au même moment, je vois mon bras partir à toute vitesse et heurter de plein fouet l'épaule de Maxime. Il a presque failli tomber sur sa guitare.

Maxime se redresse devant moi de toute sa hauteur. Je sens que ma face est en train de changer de couleur.

— Désolé, c'était… c'était un accident, je ne voulais pas te bousculer.

Maxime se tient l'épaule. Mia n'y est pas allée de main morte.

— J'espère que tu sauras jouer comme du monde à la prochaine répétition, toi, sinon faudra apprendre à jouer à une main !

Mon père n'a jamais été très présent quand j'étais petit. Toujours au travail, toujours parti.

Depuis que Mia m'accompagne, il est différent. Même si j'ai l'impression qu'il s'intéresse plus à sa création qu'à moi-même, cette soudaine complicité depuis quelques mois ne me déplaît pas.

Le soir du premier jour d'école, nous nous sommes donné rendez-vous au labo de son entreprise. Il veut savoir comment ça s'est passé avec Mia et vérifier quelques réglages.

Pour mon premier jour, j'ai l'impression que je suis loin d'avoir des résultats intéressants. Mon père le comprend facilement en voyant mon expression.

— Papa, ça ne marchera jamais. Mia a fait un truc complètement imprévisible!

— Oh, tu parles du coup de poing, c'est ça?

— Tu es au courant?

— Bien sûr, j'ai un historique de ses actions.

— *Désolée*, intervient Mia, *il m'avait semblé que tu voulais lui donner un coup!*

Mon père attrape sa tablette pour suivre la conversation. J'explique à mon I.A.:

— *Non, c'était juste une envie sur le moment parce qu'il me mettait de mauvaise humeur, c'est tout. Je ne voulais pas le frapper pour vrai.*

— Intéressant, in-té-res-sant, commente mon père, captivé. Un problème de communication! C'est exactement ce genre de nuance que Mia doit apprendre grâce à toi.

— C'est pas tout, elle a des bogues!

— Qu'est-ce que tu veux dire?

— Quand certaines personnes me touchent, c'est comme si j'avais des frissons dans le bras. On dirait comme un choc électrique.

Mon père cherche des données à ce sujet sur sa tablette.

— Je remarque quelques petites interférences électriques. Rien de majeur.

— Ça s'est produit à deux reprises aujourd'hui.

— Je vais garder un œil là-dessus, fiston, me promet-il en me prenant par l'épaule, ce qui ne nous était jamais arrivé. Pour une première journée, vous vous en êtes bien tirés.

— Encore une chose: il faut rendre Mia plus sensible. Mon prof n'arrête pas de le dire. Je suis capable de jouer n'importe quoi sur n'importe quel instrument, mais ça sonne robot.

— Il n'y a pas d'algorithme pour rendre une intelligence artificielle « sensible », il n'y a que la pratique et l'apprentissage pour y arriver. À toi de trouver une solution !

— Mais j'ai un concert dans moins d'une semaine !

— Déjà ! s'enthousiasme mon père. Mia s'en sort plutôt bien.

— Mais si je n'arrive pas à la rendre plus humaine d'ici jeudi, j'en connais un qui va m'attendre au tournant.

J'ai profité de la fin de semaine pour répéter avec Mia. Ça n'a pas changé grand-chose. C'est toujours aussi froid.

Je commence la semaine, découragé, par un cours d'arts plastiques.

Je m'installe au fond de la classe.

Jasmine vient prendre place à un chevalet à côté de moi.

— Ça a l'air que la répétition de vendredi soir ne s'est pas trop bien passée.

— Le morceau n'est pas si difficile, mais il faut que je m'assouplisse.

— Non, je voulais parler du coup que tu as envoyé à Maxime.

— Oh, ça. C'était un accident, je lui ai dit! Je n'avais pas vu qu'il était à côté de moi, je me suis retourné trop vite.

— En tout cas, tu lui as laissé un sacré bleu sur l'épaule.

L'enseignante nous propose de travailler sur une nature morte. Au milieu de la classe, elle a disposé un grand plateau avec des fruits.

Le travail est simple : faire de notre mieux pour reproduire ce qu'on voit.

Pour tout élève normal, le travail n'a rien de très compliqué. Mais pour moi…

Je n'ai jamais mis Mia devant ce genre d'exercice.

— Mia, il faut reproduire sur la feuille le plateau et les fruits, avec les crayons qui sont devant nous. Est-ce qu'on peut faire ça ?

— Bien sûr, Damien. Je n'ai besoin que de quatre couleurs. Noir, cyan, magenta et jaune, dit Mia en sélectionnant les teintes dans ma trousse.

J'observe les autres, qui se sont mis consciencieusement au travail. Certains se débrouillent très bien, d'autres barbouillent la feuille comme des enfants de maternelle.

Jasmine semble particulièrement douée. Son trait parcourt la feuille avec souplesse, on voit les fruits qui commencent à apparaître.

Lorsque mon regard se tourne vers ma feuille, je sursaute.

Mia a déjà réalisé plus de la moitié du travail.

Le seul problème, c'est qu'elle ne dessine pas, elle prend mon bras pour une tête d'imprimante.

Les quatre crayons dans une seule main, Mia parcourt la feuille de gauche à droite à toute vitesse en disposant sur chaque ligne de petits mélanges de couleur. Le dessin ressemble plus à une photocopie couleur qu'à une œuvre d'art.

Si quelqu'un aperçoit le résultat, soit on va me prendre pour un fou surdoué, soit on va s'imaginer que je traîne une photocopieuse dans mon sac. Je préfère ne pas attirer les soupçons.

— *Mia ! C'est quoi, cette image ? Arrête ! Retire la feuille du chevalet et fais-en une boulette de papier.*

Mia s'exécute.

— *Le résultat n'est pas satisfaisant, Damien ?* me questionne l'I.A.

— *Ce n'est pas un dessin, c'est une copie parfaite. Personne ne dessine comme ça !*

— *Bien. Comment dois-je dessiner ?*

Je reste un instant devant ma nouvelle feuille blanche. Je ne sais pas comment expliquer ça à Mia.

C'est alors que j'avise le regard inquiet de mon enseignante lorsqu'elle m'aperçoit avec mes quatre crayons et une grosse boulette de papier qui roule par terre.

Lorsque mes parents se sont séparés, il y a quelques années, mon père a récupéré le chalet qu'ils avaient acheté plusieurs années auparavant. Depuis, il y a élu domicile.

C'est un peu en dehors de la ville, mais question décor, c'est plutôt sympa, et ce n'est pas trop loin de ma nouvelle école.

En fin de semaine, nous avons fait une longue balade en forêt pour admirer la nature.

Mon père en a profité pour tester Mia en mode sportif et m'a fait courir plusieurs kilomètres. J'ai trébuché à quelques reprises à cause des obstacles naturels, mais Mia est tout à fait capable de me remettre en équilibre rapidement.

Je dois avouer que l'endurance de mes membres est impressionnante. Je peux courir des kilomètres à une bonne cadence, sans trop me fatiguer, et proposer à Mia des itinéraires improbables comme si je me dirigeais dans un jeu vidéo.

Lorsque la journée se termine au coin du feu, je ne peux pas m'empêcher de poser une question à mon père.

— Il fallait que ce soit une école d'art, n'est-ce pas?

— Pourquoi cette question?

— La sensibilité, le côté plus humain que n'arrive pas à acquérir une machine. C'est le gros défi de Mia, non? Il fallait une approche artistique pour parvenir à développer ça. C'est un des seuls aspects que les I.A. n'arrivent pas à développer. Me mettre dans une classe de science n'aurait pas été utile, Mia a accès à toutes les ressources qu'elle veut. J'aurais été premier de classe immédiatement!

Mon père esquisse un petit sourire.

— Exact. Une concentration sportive n'aurait pas eu plus d'intérêt. Tu l'as vu par toi-même. Avec quelques réglages, Mia est en mesure de surpasser n'importe quel bon sportif.

— Même ma scolarité, tu l'as choisie pour Mia, pas pour moi.

— Tu me fais une crise de jalousie, là? Je me préoccupe autant de toi que de Mia. Mais votre réalité est totalement différente. Tes connaissances sont maintenant quasi illimitées. Le défi de ton apprentissage n'est plus du tout le même. C'est la relation entre l'homme et la machine qu'il faut apprendre à développer.

— J'ai l'impression de n'être qu'une expérience.

— Tu es bien plus que ça ! Tu es un espoir.

— Qu'est-ce que tu veux dire ?

— Si l'expérience avec Mia fonctionne, imagine le nombre de gens qu'une I.A. va pouvoir aider !

— Et tu t'es posé la question des retombées que peut avoir Mia sur ma vie personnelle ? Je dois vivre avec quelqu'un dans ma tête à longueur de journée !

— En effet, ça fait partie de l'équation ! Je n'ai pas prétendu que ce serait facile, mais je suis convaincu que pour bien des gens, ce sera plus supportable que d'être sanglé à un fauteuil roulant.

Mon enseignante en arts s'approche de moi.

— Ça n'a pas l'air d'aller, Damien. Il y a un problème ?

— C'est la première fois que je fais ça, je ne sais pas trop par où commencer.

— Juste à dessiner ce que tu vois. Même si ce n'est pas bon du premier coup, tu es là pour apprendre.

Ça ne m'aide pas beaucoup.

Alors que la prof s'éloigne, Jasmine jette un coup d'œil à mon chevalet.

— T'as pas commencé ?

— J'ai raté le premier, dis-je en montrant ma boulette au sol.

— C'est juste un travail d'observation. Regarde surtout ton modèle, pas trop ta main. Elle doit suivre instinctivement le mouvement de ton œil.

Sans le savoir, Jasmine vient peut-être de me donner la solution.

— *Mia, avec les lunettes, tu peux suivre le mouvement de ma rétine, n'est-ce pas ?*

— *Oui.*

— *OK, alors avec un seul crayon en main, tu vas tracer sur la feuille les mouvements que je fais avec mes yeux.*

Lentement, j'observe le contour de chaque objet, chaque arête, chaque surface. J'observe tout dans les moindres détails. Cette fois, le résultat est nettement plus convaincant. Mon trait est beaucoup plus hésitant, il y a des erreurs un peu partout, mais au moins, ça ressemble à un dessin d'étudiant au secondaire.

Lorsque ma prof vient me voir trente minutes plus tard, le dessin ressemble à un gros méli-mélo de lignes.

— Le résultat est intéressant, un peu comme si tu n'avais jamais levé le crayon de ton papier. Pas mal, pour un début !

À la fin du cours, quand nous commençons à ranger nos affaires, Jasmine se penche pour observer ma réalisation.

C'est de plus en plus étrange. Je constate que lorsqu'elle s'approche de moi, mes deux bras sont une fois de plus secoués par de petites pulsations électriques.

— Mia, qu'est-ce qui se passe ?

— Perturbation électrique d'origine inconnue. En attente de diagnostic.

Mon amie regarde mon dessin.

— Bon, tu ne t'en es pas si mal sorti, finalement.

Je me lève de mon tabouret pour faire mon sac.

— Grâce à tes conseils, dis-je, toujours perturbé par ces petits électrochocs.

— Je n'ai pas dit grand-chose !

— Suffisamment pour me mettre sur la bonne voie. Merciiiii…

Subitement, je me jette sur Jasmine pour la serrer dans mes bras.

— Aaaahh, Mia, mais qu'est-ce que tu trafiques encore ? Lâche Jasmine immédiatement !

Jasmine se libère de mon étreinte. Elle me fait de grands yeux.

— Qu'est-ce qui te prend ? T'es pas bien ?

— Désolé, un réflexe de… que j'avais avec une amie qui pratiquait l'escalade avec moi… On se félicitait mutuellement !

— Vous avez de drôles de pratiques, à l'escalade ! dit-elle en reculant d'un pas.

Jasmine étire son chandail pour le remettre en position.

Je suis confus. Je sens mes joues virer au rouge. Jasmine semble aussi gênée que moi.

— Bon, faut que… faut que j'aille retrouver Maxime. On se voit tout à l'heure, conclut-elle en s'éclipsant, mal à l'aise.

— Mia, peux-tu m'expliquer ce qui s'est passé ? Je ne t'ai pas dit que je voulais sauter sur Jasmine !

— Tu as imaginé la serrer pour la remercier.

— C'était juste une idée, un fantasme, pas quelque chose qu'on réalise pour vrai !

— Comment dois-je faire la différence, Damien ?

— Je… Argh… Je n'en ai aucune idée !

J'ai comme l'impression que je ne suis pas au bout de mes surprises, avec Mia. Il va falloir déboguer son programme, car je ne peux pas me permettre de sauter sur chaque personne que je croise.

Lundi après-midi, nous avons notre cours d'éducation physique. Je me retrouve avec Hugo et les autres gars de ma classe sur le terrain de basket.

Je ne sais pas du tout à quoi m'attendre de la part de Mia dans un sport d'équipe. Ça m'inquiète un peu.

— *Mia, tu sais comment jouer?*

— *Je suis en train d'étudier.*

Ça ne me rassure pas beaucoup.

Le prof fait les équipes et lance la partie.

Automatiquement, mes lunettes se transforment en écran. Les joueurs de mon équipe sont entourés d'un cadre vert, ceux de l'équipe adverse d'un cadre rouge.

J'ai l'impression d'être dans un jeu vidéo. Ça, je l'avoue, c'est plutôt sympa.

Les premières passes sont pour l'équipe adverse. Les élèves ont un bon rythme de jeu.

Hugo, qui est dans mon équipe, finit par intercepter le ballon.

Il me l'envoie.

Mia me le fait rattraper sans difficulté.

Elle s'apprête à faire une passe à un de mes coéquipiers, mais un adversaire vient bloquer mon échange.

Mia trouve le moyen de le déjouer.

Elle fait passer le ballon entre mes jambes et l'envoie derrière moi. Le rebond l'envoie juste assez haut pour qu'il saute au-dessus d'un joueur adverse et arrive pile dans les mains de mon coéquipier qui était derrière lui.

Celui-ci se retourne et marque le premier point. Hugo arrive vers moi.

— Tabarnouille, *man*, c'est pas la première fois que tu joues, certain ! Comment t'as fait une passe comme ça ?

— Un gros coup de chance, rien de plus !

Pendant les quinze minutes qui suivent, j'ai le ballon à quelques occasions. Mia s'en sort bien en faisant des passes d'une précision mathématique aux joueurs de mon équipe.

L'équipe adverse a plusieurs points d'avance.

À quelques secondes de la fin, nous sommes à égalité, mais coincés de notre côté du terrain.

Nous n'arrivons pas à reprendre le ballon.

Après un troisième tir raté, on le reprend enfin.

Très rapidement, un élève fait une passe à Hugo.

Hugo me l'envoie.

Mia essaie de dégager le ballon, mais toutes les forces de l'équipe adverse sont sur moi pour m'empêcher de bouger.

Il ne reste que quelques secondes.

Personne de mon équipe n'est assez proche pour marquer.

Je vois une petite cible verte apparaître sur le panier.

— *Mia, c'est trop loin ! Ça ne marchera jamais !*

D'un coup, mon corps saute pour me dégager et Mia me fait lancer le ballon en direction du panier adverse.

Il traverse tout le terrain et… je marque !

Victoire !!!

Je me mets à courir autour du terrain en allant serrer tous mes coéquipiers.

Ma face vire au rouge tellement je suis gêné.

— Mais Mia, qu'est-ce que tu fabriques encore? C'est ridicule!

— Je viens de visionner plusieurs matchs de basket, Damien, cela semble une tradition pour les vainqueurs d'aller serrer les membres de leur équipe!

— Dans un match professionnel, pas dans un gymnase d'école! Arrête, s'il te plaît, j'ai l'air stupide!

J'ai visiblement déclenché l'hilarité générale. Tellement que même ceux que je n'avais pas serrés contre moi viennent d'eux-mêmes!

— Je constate, Damien, que cette marque d'affection n'est pas si mal perçue, me rétorque Mia.

En rentrant au chalet, ce soir, j'avoue que je suis un peu découragé. Mia est totalement imprévisible. Je ne sais pas comment la contrôler.

Mon père constate mon air dépité.

— Tu n'as pas l'air de bonne humeur.

— C'est Mia, elle fait n'importe quoi.

Mon père, qui était en train de programmer une tondeuse à gazon électronique à l'entrée de la maison, me fait signe de m'asseoir à côté de lui sur un muret.

— Il faut tout lui apprendre! Elle a des comportements vraiment bizarres, parfois... et des bogues, en plus!

— Elle m'a envoyé un rapport d'erreur de mouvement, tout à l'heure. C'est de ça que tu parles?

— Oui, j'ai sauté dans les bras d'une fille.

Mon père éclate de rire.

— Oh, je vois!

— C'était très gênant.

— Mais pas si mal, au fond...

C'est à mon tour de rigoler.

— Pff, ouais, pas si mal.

Même si je sais que c'est Mia qui intéresse mon père, j'aime ces petits moments de complicité.

— Et si tu lui laissais un peu de liberté?

— Qu'est-ce que tu veux dire?

— Tu essayes de la faire coller à ta personnalité.

— Évidemment!

— Mais Mia n'est pas un ordinateur parfait. C'est une I.A. qu'il faut éduquer comme un humain. Il faut donc admettre qu'elle a ses défauts qui viennent de son éducation.

— Facile pour toi d'admettre, moi je dois vivre avec!

— Et si ses imperfections ou ses bogues t'obligeaient à voir ta propre personnalité autrement?

Le lendemain, la journée débute par un cours d'histoire.

On n'échappe pas au petit discours de présentation de notre enseignante.

C'est toujours le même blabla.

— Comme il y a des nouveaux dans la classe, explique-t-elle, je vais poser quelques questions sur la matière de l'année passée pour voir si tout le monde est au même point.

Je sais déjà que je risque d'avoir une longueur d'avance sur les autres. Mia ayant un accès direct à Internet, elle peut trouver n'importe quelle réponse très facilement.

— Première question. Quel était le mode de vie des Premières Nations qui vivaient dans la région des plaines ?

Évidemment, dès que la question est posée, Mia lève ma main.

— Les Premières Nations des plaines étaient nomades, me souffle Mia.

— Je t'écoute, dit l'enseignante.

Ma réponse est exacte.

— Deuxième question. Quel était le mode de transport des Premières Nations qui vivaient dans les régions boisées ?

Ma main se dresse le plus haut possible.

L'enseignante interroge un autre élève. Mauvaise réponse.

Mia se manifeste de plus belle.

Je ne sais pas ce qui lui prend : en plus de lever la main, elle se met à sautiller sur la chaise, comme un petit enfant heureux d'avoir trouvé la réponse.

Voyant mon manège, la prof m'autorise à donner la réponse juste.

— Mia, tu ne voudrais pas te calmer un peu ? Pas besoin de t'énerver comme ça ! dis-je en pensée pour calmer l'I.A.

— D'après mes recherches, ça semble être la technique utilisée en classe pour être entendu.

— En maternelle !

— Prochaine question. Quelle était la ressource première que venaient chercher les explorateurs français et britanniques ?

Mia recommence son manège.

— *Mia, s'il te plaît !*

— *Nous avons la réponse, Damien, il faut la donner, c'est le but de l'exercice !*

Les rires commencent à fuser autour de moi.

— Visiblement, Damien, tu connais bien cette période de l'histoire. Je vais quand même donner une chance aux autres.

Hugo se met à faire les mêmes niaiseries que moi et sautille sur sa chaise pour donner la réponse. Lui, par contre, s'amuse à raconter n'importe quoi :

— Du pétrole !

Mia recommence. Ça devient vraiment gênant, surtout que ma chaise fait une espèce de bruit de canard écrasé chaque fois que je rebondis dessus.

— Damien, je ne doute pas de tes connaissances sur le sujet, mais calme-toi un peu.

Il faut surtout que je calme Mia.

J'ai une idée.

— Madame, ce n'est pas ça, je…

— Quoi, qu'est-ce qui se passe ?

— Est-ce que je pourrais aller à la salle de bain ?

Bon, ça y est, cette fois, tout le monde rit.

— Le cours vient juste de commencer ! Enfin, soit, ça donnera peut-être une chance aux autres.

J'envoie la consigne à mon ordinateur de bord :

— Mia, aux toilettes, tout de suite !

Une fois dans la salle de bain, il faut que je fasse le point.

— Mia, on n'est pas obligés de donner toutes les réponses. Il y a d'autres élèves.

— Leurs réponses sont erronées. Les nôtres sont justes !

— D'accord, mais ce n'est pas grave, ils ont le droit de se tromper ! Et puis, arrête de sautiller sur la chaise, personne ne fait ça, au secondaire.

— Dans ce cas, quand doit-on répondre ?

— Une fois sur trois. Ça serait plus « normal ».

De retour en classe, l'enseignante s'empresse de m'interroger.

— Bon, Damien, tu tombes bien. Personne ne trouve la réponse. En quelle année a été signé le traité de paix entre la France et les Premières Nations à Montréal ?

Je m'assieds. Personnellement, je ne m'en souviens pas et je n'ai pas la moindre solution venant de mon I.A.

— Mia ? As-tu entendu la question ? Mia ?

Pas de réponse.

— Alors, Damien, à ton avis ?

Je suis pris au dépourvu.

— Je réfléchis...

Je parle en moi-même.

— Mia, qu'est-ce que tu fabriques ?

— Je ne peux pas donner la réponse, nous n'avons pas atteint le bon ratio.

D'une classe à l'autre, à force de faire le pitre, je dois admettre que je m'intègre mieux que prévu.

Le mardi après-midi, on a une répétition avec toute la classe de musique. On rejoue le même morceau que l'autre jour et une nouvelle pièce que je ne connais pas.

Comme à son habitude, Mia n'a aucun problème à me faire interpréter les notes et jouer les deux mélodies.

À la fin du cours, mon prof prononce la même remarque que l'autre fois.

— Damien, je constate que ta lecture des notes est bonne. Je crois juste que tu ne connais pas assez les morceaux. C'est sans aucun doute de là que vient ton manque de souplesse quand tu les joues. Il serait bon que tu les répètes un peu chez toi. Je pense qu'avec un peu d'entraînement, il ne devrait plus y avoir de problème.

Si seulement il savait ! J'ai beau jouer une pièce des dizaines et des dizaines de fois, ça sonne toujours exactement pareil, à la note près.

— Je vais faire mon possible.

Jasmine m'attend à la sortie de la classe.

— Tu fais une drôle de tête, me lance-t-elle.

— Oui, j'ai toujours droit à la même remarque, mon jeu est trop mécanique, je ne suis pas assez sensible, je crois.

— Peut-être que c'est juste le morceau qui ne te convient pas !

— C'est pas ça…

— C'est quoi, alors ?

Je sais qu'il est hors de question de dévoiler à Jasmine que ce n'est pas moi qui joue, mais bien Mia. Il faut que j'arrive à formuler ce que Mia n'arrive pas à faire.

— Je ne comprends pas ce qu'il veut dire par « sensibilité ». Je joue les notes, je joue ce qui est marqué à la bonne vitesse, alors quoi ?

— C'est ton interprétation du morceau qu'il veut entendre.

— Comment ça, mon interprétation ?

— Comment tu le ressens. Est-ce que tu le ressens triste, vigoureux, léger ? Moi, c'est un morceau qui me fait penser à la nature, à une forêt en automne, un ruisseau qui coule, ce genre de choses. J'essaie de m'imaginer y être quand je le joue.

Ça semble tellement simple à formuler, mais tellement difficile à faire assimiler à une I.A.

— Bon, écoute, poursuit Jasmine, j'avais rendez-vous avec Maxime, mais il attendra. On prend nos lunchs et on reste dans la salle de musique, je vais te montrer.

L'idée que Jasmine fasse faux bond à Maxime pour rester sur l'heure du midi avec moi n'est pas pour me déplaire.

On installe nos sandwichs sur des tabourets à côté de nous.

Jasmine joue la première partie pour me montrer. En la voyant jouer, il me vient une idée.

— Mia, hier, tu as imité des joueurs de la ligue nationale pour la fin du match de basket, n'est-ce pas ?

— Oui, cela me semblait approprié.

— Donc tu pourrais imiter le jeu de Jasmine, non ?

— *Bien sûr, j'en fais une copie immédiatement.*

Jasmine termine le morceau.

— Tu vois, ce n'est pas compliqué. Faut y mettre un peu de souplesse et d'amour, c'est tout.

— C'est plus clair comme ça, en effet.

— À toi d'essayer.

J'attrape le violoncelle.

— *Mia, on y va. Reproduis ce que nous venons d'entendre.*

Mia s'exécute et fait une copie parfaite du jeu de Jasmine.

Celle-ci applaudit à la fin du morceau.

— Bon, tu vois, ce n'était pas sorcier !

— J'ai pensé à la forêt et à la rivière, dis-je innocemment. C'est vrai, ça aide !

— On s'attaque à la suite.

Jasmine et moi passons l'heure du lunch ensemble pour apprendre les deux morceaux que nous jouons avec l'orchestre, partie par partie. Mia enregistre chaque mouvement et les transmet à mes membres sans la moindre fausse note.

Lorsque la cloche sonne, je sens que cette fois, je suis prêt. Mais il me reste un problème.

— Dommage que tu ne joues pas de la guitare. Ça m'aurait aidé pour ma répétition de ce soir avec ton chum.

— Désolée, je suis nulle à la guitare. Mais regarde sur Internet, il doit y avoir des gens qui jouent ce morceau. Tu pourrais t'en inspirer.

Une fois de plus, elle me donne la solution avec une facilité déconcertante. Je me retiens de la serrer dans mes bras comme l'autre fois.

— Mia, ne bouge pas, s'il te plaît.

Mais cette fois, c'est Jasmine qui me prend au dépourvu.

On s'arrête sur le pas de la porte, je dois aller à mon casier, elle au sien, dans l'autre sens.

Jasmine me regarde d'un air morose.

— Ben là !

— Quoi, ben là ?

— J'espérais que tu me remercies, au moins !

— Désolé, je suis distrait. Merci.

— Ah non, tu ne t'en sortiras pas si facilement, dit-elle en me pointant du doigt.

Je pouffe de rire.

— Mais quoi, qu'est-ce que tu essayes de *dealer* ?

— Ben, j'espérais au moins un merci façon « escalade » !

En rentrant chez moi, ce soir, j'ai l'estomac tout chamboulé. Jasmine m'a demandé de la serrer dans mes bras pour la remercier! J'ai presque dû obliger Mia à s'exécuter.

Autant j'ai l'impression de devenir le clown de la classe à cause des bêtises de Mia, autant mon I.A. me fait vivre des choses que je n'aurais jamais osé faire par le passé. C'est comme si Mia explorait une partie de ma personnalité que je n'ai jamais tenté d'explorer moi-même.

Quand j'arrive à la maison, mon père s'approche de moi, boisson énergisante dans une main et tablette dans l'autre. Il a l'air contrarié.

— Dis-moi, j'ai reçu un autre rapport d'erreur de Mia aujourd'hui, vers midi. Problème de surcharge électrique dans les bras.

Je regarde mon père avec un sourire jusqu'aux oreilles.

— Oui, je m'en suis rendu compte.

— Elle a encore fait un mouvement que tu ne lui avais pas demandé?

— Non, au contraire, il a fallu que j'insiste.

Mon père me dévisage.

— Pourquoi tu fais un sourire niaiseux de même?

— Je crois que je sais d'où viennent toutes ces interférences électriques.

— Je t'écoute…

— Tu y crois, toi, aux gens qui ont un mauvais karma avec les appareils électroniques? Genre, qui créent des courts-circuits chaque fois qu'ils s'en approchent?

— Sérieusement, Damien, je m'attendais à mieux que ça comme explication!

— Jasmine n'a jamais de cellulaire avec elle. Elle n'a même pas d'ordi portable. C'est elle-même qui le dit, elle fait tout boguer!

— Jasmine?

— C'est elle que j'ai serrée «involontairement» dans mes bras, l'autre jour. Dès que je suis à proximité, Mia se met à faire n'importe quoi.

Mon père fronce les sourcils.

— Ça n'a aucun sens. Toutes les prothèses dont tu es équipé sont blindées contre n'importe quelle interférence venant de l'extérieur. Même si cette fille se baladait avec un four micro-ondes dans son sac à dos, ça n'aurait aucune incidence sur le comportement de Mia.

— Si ça ne vient pas d'elle, alors, ça vient d'où ?

— C'est précisément ce que je cherche.

La journée de mercredi se passe bien et Mia ne fait pas trop de bêtises.

En fin d'après-midi, j'ai rendez-vous avec mon prof de musique et Maxime pour le duo de guitare.

Maxime est déjà prêt. Il me jette un regard noir lorsqu'il me voit entrer.

Mon enseignant m'attendait sur le pas de la porte.

Il me fait un grand signe de la main.

— As-tu répété un peu le morceau *The Replicant* pendant la fin de semaine ? me demande-t-il.

Je sais intérieurement que oui, mais que ça n'a rien changé.

Je compte sur l'idée de Jasmine et sur le fait que Mia m'a dit avoir trouvé sur YouTube une interprétation du morceau que nous allons jouer.

— Oui, pas mal. Ça devrait aller mieux.

— Bien, dit monsieur Patrick. Je vais chercher les partitions dans l'autre classe et je reviens dans une minute.

Aussitôt monsieur Patrick parti, Maxime me tend la guitare qu'il avait en main.

— Tiens, prends celle-là, je préfère la plus vieille, je suis plus habitué au manche.

Je suis assez surpris par cet élan de politesse, mais j'accepte de bon cœur.

Au retour de monsieur Patrick, il nous tend la partition et on commence à jouer.

Dès les premières notes, je comprends pourquoi Maxime m'a donné cette guitare : il a pris soin de la désaccorder complètement. Notre prof nous arrête.

— Damien, avant une répétition, généralement on prend soin de vérifier l'accordage de son instrument.

— Désolé. Je m'en occupe.

— L'accordeur est sur le bureau.

C'est à mon tour d'envoyer un regard noir à Maxime. J'aurais dû me méfier.

Mais j'ai plus d'un tour dans mon sac.

— Mia, on a besoin d'un accordeur ?

— Ce n'est pas nécessaire, Damien. J'accorde l'instrument immédiatement.

Sans lâcher Maxime des yeux, je sens que mes mains font le travail toutes seules. L'une touche chacune des cordes, l'autre tourne précisément la petite clé sur le manche qui permet d'ajuster la tension. En une vingtaine de secondes et avec une exactitude redoutable, ma guitare est complètement réajustée sans même avoir eu besoin de regarder ce que je faisais.

Maxime rage intérieurement. Mon prof reste bouche bée.

— Ça aussi, tu l'as appris sur Internet ?

— On peut commencer, si vous voulez, dis-je, content de moi.

Lorsque Mia entame le morceau, je ne sais pas si je dois trouver son jeu sensible ou hésitant. Elle joue différemment, c'est sûr, mais j'ai un peu l'impression qu'elle n'est pas tout à fait sur le tempo.

Cela semble d'ailleurs exaspérer assez vite Maxime. Du coup, je ne dis rien à mon I.A.

Plus le morceau avance, plus Mia joue fort et de manière de plus en plus excentrique.

— Mia, qu'est-ce que tu fais ?

Mon I.A. est en train de transformer un morceau de guitare classique en toune de heavy métal.

Au point que je me lève de ma chaise et que je joue maintenant debout en me secouant comme un détraqué.

Soudain, Maxime s'arrête de jouer en râlant.

Étonnamment, mon prof lui fait signe de continuer malgré tout.

Je continue de m'agiter. Il ne manque que la veste en cuir et les bracelets avec des clous.

Arrivé à la fin de la première partie, j'ai l'impression que je viens de passer mes cheveux dans un *blender*. Je me rassieds, en sueur, prêt à me faire réprimander.

J'ai profité du souper, hier soir, avec mon père, pour lui expliquer que j'avais trouvé une faille pour donner l'impression que Mia était capable d'une certaine sensibilité.

— Recopier, c'est facile, mais une I.A. est apte à bien plus que ça.

— Peut-être, mais j'ai un concert après-demain et je n'ai pas le temps de trouver une solution pour apprendre la sensibilité à Mia.

Mon père était évidemment frustré.

Je m'attendais à cette réaction.

— Je suis convaincu qu'en associant une machine à un humain sur le long terme, les deux vont finir par fonctionner en symbiose. Ta démarche en est la preuve: au début elle était rigide, aujourd'hui elle est naturelle.

— J'y ai passé des mois, dans ton labo, pour y parvenir, papa. J'ai une vie, moi aussi, t'as oublié?

Tu n'as pas dit que tu te préoccupais autant de moi que de Mia ?

— Pense à quelque chose qui t'inspire, concentre-toi différemment, trouve le moyen que ça vienne de toi !

— C'est facile à dire quand on passe sa journée devant sa tablette à simplement contrôler mes faits et gestes.

Exaspéré par l'impatience de mon père, je me suis levé et j'ai préféré m'enfermer dans ma chambre plutôt que de rester à ses côtés pour la soirée.

Mon prof ne dit rien. Il se gratte la tête, puis plaisante sur la prestation de guitare que je viens de donner.

— OK, quand j'ai dit moins mécanique, je ne pensais pas vraiment à ça…

— Monsieur, c'est n'importe quoi, se fâche Maxime. On est vraiment obligé d'entendre ces niaiseries ?

— … pourtant, je dois admettre que l'idée est plutôt sympathique !

Monsieur Patrick est plongé dans ses pensées.

— Serais-tu capable de garder ce délire-là pour la fin de la deuxième partie ? me demande l'enseignant.

— Mia, qu'est-ce que tu en penses ?

— Je peux garder cette interprétation pour la fin, confirme Mia, mais dans ce cas, comment dois-je jouer la première partie ?

— Il suffit de trouver une autre interprétation !

— Ce morceau ne semble pas très connu, la seule interprétation que j'ai trouvée est celle de ce groupe de musique rock.

— Je peux la garder pour la fin, dis-je, mais je ne sais pas trop comment jouer au début.

— Le mieux serait de jouer calmement, plus en nuance. On va faire un exercice simple : Maxime va jouer la première partie et tu vas le suivre. Essaye de t'adapter à son jeu.

Copier le jeu d'un autre, voilà une chose que Mia peut faire.

Maxime s'exécute et Mia le suit en reproduisant exactement son jeu sur la guitare.

À la fin de la première partie, mon prof est satisfait.

— Bon, voilà, ça commence à ressembler à quelque chose. Le truc, maintenant, c'est que tu ne fasses pas la copie parfaite de Maxime. Trouve ta sensibilité à toi. C'est ce qui va donner de la profondeur au morceau. Répète-le encore quelques fois chez toi, ça va venir tout seul. Pour la fin, on garde ton idée du gros délire métal, c'est très bon et ça va faire rire les classes de première secondaire. Excellente idée !

« Trouve ta sensibilité à toi. » Plus facile à dire qu'à faire ! Mia peut faire une copie, mais pas être autonome sur ce point. J'ai l'impression de tourner en rond.

Inutile de dire que Maxime, lui, me porte de moins en moins dans son cœur.

Non seulement il doit jouer avec un plus jeune, mais en plus, il se fait voler la vedette !

À la fin de la répétition, il referme l'étui à guitare violemment et sort en coup de vent. Il manque de renverser Jasmine, qui l'attendait à la sortie. Furieux, il passe à côté d'elle comme s'il ne la voyait pas. Jasmine en a le souffle coupé.

Notre prof de musique intervient.

— Je pense que Maxime a du mal à accepter les nouvelles idées lorsqu'elles ne viennent pas de lui.

Jasmine me regarde.

— Qu'est-ce que tu as encore fait ?

— Disons que Damien a proposé une interprétation originale pour la fin du morceau. Ça perturbe un peu Maxime, explique mon prof.

— On peut la jouer normalement, si vous préférez. Ça ne me dérange pas ! J'avoue que je ne suis pas trop à l'aise de faire le clown en public.

— Non, non, on ne change rien. Maxime s'en accommodera.

— Il était censé m'accompagner jusqu'à chez moi ! grogne Jasmine.

Monsieur Patrick me donne un coup de coude en me faisant un clin d'œil.

— Damien, t'as une job, là !

J'ai à peine le temps de comprendre sa suggestion que Mia a pris les devants en attrapant mon sac et en me dirigeant vers la sortie.

— Euh, Mia, c'est à mes commandes que tu es supposée répondre, pas à celles des autres.

— Je pense que nous n'avons pas le choix, Damien. Ton enseignant t'en fait la demande !

En rejoignant Jasmine à la porte, Mia me donne une posture très droite et place mon bras droit en angle sur ma hanche. Jasmine hausse les sourcils.

— Qu'est-ce que tu fais là ?

— Mia, qu'est-ce que tu fais, encore ?

— Quand on raccompagne une dame, elle met son bras sous celui de l'homme !

— Dans les films des années 60, Mia !!!

— Oh, je vois, dit Jasmine, qui éclate d'un rire franc. Tu joues au gentleman !

Elle passe son bras sous le mien.

Gros choc électrique.

Jasmine et moi sursautons.

— Coudonc, chaque fois qu'on se touche, ça fait ça ! remarque Jasmine.

Hier, c'était la première soirée que je ne passais pas avec mon père au coin du feu. Je suis resté dans ma chambre avec une boule sur l'estomac. Pas agréable.

J'ai l'impression que c'était un peu pareil pour lui. Vers dix-neuf heures, il est venu frapper à ma porte.

— Désolé, je suis trop impatient de vous voir progresser. Si tu penses que recopier est une approche correcte pour le moment, alors, vas-y.

— Je ne sais pas trop comment gérer cette personnalité que Mia m'impose. C'est tout nouveau, pour moi. Je suis conscient que, sans elle, je serais incapable de bouger, mais je me fais déjà assez remarquer comme ça. Quand je trouve un truc qui me simplifie un peu la vie, je ne dis pas non. Pour arriver à faire ce que tu me demandes, c'est-à-dire lui donner de la sensibilité, j'ai l'impression qu'il faudrait que je ressente ce qui se passe au bout de mes doigts ! Mais ça ne marche pas. Je ne ressens plus rien, je n'ai pas le moindre contrôle là-dessus. Les seules fois où je ressens quelque chose, c'est quand je prends un choc électrique avec Jasmine.

Mon père reste silencieux. Il réfléchit.

— Tu veux dire que quand tu prends un choc avec elle, tu ressens quelque chose?

— Ben, je ressens le choc, oui.

Mon père, assis sur mon lit, frotte son chandail contre ma couverture de laine puis me tend la main. Dès que j'approche la mienne, un petit éclair électrique surgit entre nos doigts.

— Et là, tu as senti quelque chose? demande-t-il.

— Rien du tout.

Mon père saute sur ses pieds. Il quitte ma chambre d'un bon pas, sans le moindre mot d'explication.

Sur le chemin du retour, je dis, mal assuré :

— Promets-moi que tu ne lui diras pas.

— Que je ne dirai pas quoi à qui ?

— Tu ne diras pas à Maxime que c'est moi qui t'ai raccompagnée.

— Pourquoi, qu'est-ce que ça fait ?

— Ben, déjà qu'il n'est pas très content que je joue avec lui, si en plus il apprend que je raccompagne sa blonde !

— Et alors ? Il est parti en boulet de canon ! Je crois qu'il ne m'a même pas vue. Je ne suis pas sa propriété !

— Je veux juste être certain que le concert de guitare ne finira pas en combat de catch !

Jasmine s'arrête tout d'un coup. Je la sens sur ses gardes.

Je précise pour la rassurer :

— Je disais juste ça pour rire.

— Non, c'est pas ça… Comment tu sais où j'habite ?

Zut, je n'avais pas remarqué ce détail. C'est Mia qui nous guide.

— *Mia, tu sais où Jasmine habite ?*

— *Bien sûr, Damien. Jasmine Bordeleau, 22, rue des Acacias, Québec. C'est facile à trouver.*

Faut que je trouve une réponse.

— Je ne sais pas exactement où tu habites. L'autre jour, je t'ai vue arriver de là.

— Ah, OK. Désolée, j'ai cru que tu m'espionnais !

Je lève les yeux au ciel.

— Ben voyons donc, tu crois pas que j'ai autre chose à faire ?

Jasmine retrouve son sourire qui me fait craquer.

— T'as raison. C'est idiot.

Nous reprenons notre marche. Au carrefour suivant, Mia bifurque à droite.

Jasmine intervient :

— Ah non, là tu t'es trompé, ce n'est pas par là.

— *Mia, demi-tour !*

— *Je suggère cet itinéraire, Damien, la route est en travaux à cent vingt mètres.*

— *Quoi ? Mia, arrête de jouer au GPS !*

— *Le terrain n'est pas sécuritaire. Je maintiens cet itinéraire.*

— J'ai envie de passer par là ! dis-je d'un air déterminé.

— Comme tu veux, mais c'est plus long.

Ça, ça ne me dérange pas. Loin de là.

Deux croisements plus loin, la rue surplombe une bonne partie de la ville de Québec. La vue est magnifique. Je m'arrête un instant.

— Oh, je vois ! s'exclame Jasmine, tu voulais passer par ici. C'est vrai que c'est une super vue.

— J'avoue, je l'avais prévu.

Au fond, l'itinéraire de Mia ne me déplaît pas.

— Monsieur joue au gentleman romantique ? me taquine ma camarade.

— T'es déjà avec Maxime, je te signale. Je passe ici parce que j'aime bien l'endroit.

— Oui, oui, oui… Mais, tu sais, Maxime et moi…

J'interroge Jasmine en reprenant notre marche.

— Quoi, Maxime et toi ?

— Notre relation a commencé l'an passé. On s'est amusés ensemble au concert de fin d'année. On s'est embrassés et puis voilà. On s'est vus quelques jours pendant l'été entre mon voyage et le sien. Rien d'extraordinaire.

— Sincèrement, je trouve que vous n'allez pas très bien ensemble.

— Hé, t'es pas fin !

— C'est pas une question d'être fin, c'est juste sincère.

— Quoi, parce qu'il est plus vieux que moi ?

— Non. Toi, tu rigoles tout le temps, et lui c'est l'inverse, il râle sans arrêt.

— Il râle quand il est avec toi !

Quand nous arrivons au coin de la rue, Jasmine, qui jusque-là était accrochée à mon bras, se met face à moi.

Elle tente de saisir mon autre bras. Petit choc électrique.

Je suis pris au dépourvu. Mon bras ne bouge pas.

— Coudonc, il est bien lourd, ton bras. Tu le fais exprès ?

Évidemment, que mon bras est lourd, c'est un concentré d'électronique !

— Mia, laisse aller le bras gauche. Suis le mouvement de Jasmine.

— Disons que je ne m'y attendais pas.

— Ça va, relaxe, je ne vais pas te manger ! dit Jasmine en reprenant mon bras et en le mettant autour de sa taille.

J'ai le cœur qui bat la chamade. Je ne sais absolument pas ce que je dois comprendre ni comment réagir.

— Maxime, il râle avec toi, mais moi, je ris avec toi. Pis ça, j'aime ça.

Silence.

Jasmine sort avec Maxime. Je n'aime pas cette situation qui me place entre les deux. Et puis, si elle veut un baiser, je ne sais même pas comment m'y prendre. Je ne suis pas prêt.

— *Damien*, intervient Mia. *La proximité de Jasmine laisse supposer une confidence ou un échange salivaire. Dois-je intervenir ?*

— *Un échange salivaire ! T'as pas plus romantique ?*

Subitement, Jasmine me lâche et change d'attitude.

— Qu'est-ce qui se passe ? T'as encore senti un choc électrique ?

Jasmine observe la rue derrière moi.

— Maxime s'en vient chez moi. Il est là-bas, au croisement de l'autre rue.

J'ordonne à Mia de prendre immédiatement ses distances avec Jasmine.

Peut-être bien que Maxime vient de me sauver la mise.

— Tu devrais y aller, dis-je, un peu soulagé.

— Pff, je ne sais pas. Ça ne me tente pas.

— Mais il t'attend ! Donne-lui une chance. Mets-le de bonne humeur pour le concert de demain !

J'ai dit cela à la blague, mais Jasmine ne semble pas emballée.

— Bon, très bien, je vais aller lui parler, mais…

— Mais quoi ?

— Mais rien. On se voit demain.

En guise d'au revoir, Jasmine colle sa joue contre la mienne.

Choc électrique… encore.

L'espace d'un instant, mes lunettes se brouillent, comme si l'image était complètement pixellisée.

Jasmine recule, perturbée.

— Coudonc, t'as-tu des vêtements en synthétique ?

— Non.

— T'es pire qu'un ordinateur quand je t'approche !

Elle ne croit pas si bien dire.

— Je viendrai voir votre duo demain, j'ai promis à Maxime que je serai là ! conclut-elle en filant dans la rue.

J'ai à peine quitté Jasmine que, quelques mètres plus loin, mon père apparaît à mes côtés, toujours armé de sa tablette qu'il ne quitte jamais.

— Ça s'est encore reproduit avec Jasmine, n'est-ce pas ?

Je suis pris au dépourvu. Je ne m'attendais pas à le voir en pleine rue.

— Qu'est-ce que tu fais là, tu m'espionnes ?

— J'avais besoin de voir comment Mia réagit dans ce genre d'interaction.

— Donc, tu m'espionnes.

— C'est Mia que je surveille.

Cette fois, ça commence à bien faire. Je ne suis pas d'accord pour que mon père entre ainsi dans ma sphère privée.

— Toujours une bonne excuse quand il s'agit de ton ordinateur ! C'est drôle mais je ne me souviens pas avoir suscité autant d'attention quand j'étais normal !

Fâché, je marche d'un pas décidé vers la maison. Mon père est dépité.

— Damien, je…

Je l'entends accélérer le pas alors j'accélère aussi de plus belle puis, tout à coup, je m'arrête net.

— *Mia, qu'est-ce que tu fabriques ? Avance !*

— *Commande impossible. Arrêt prioritaire demandé.*

Mon père arrive derrière moi. Je pivote la tête, un des rares mouvements que je peux contrôler.

— C'est toi qui viens de faire ça ?

— Pas le choix, je ne peux pas battre Mia à la course.

— Mais bon sang, je ne suis pas ton jouet téléguidé ! Redémarre, Mia !

— D'accord, je te demande juste de m'écouter.

— *Redémarrage système.*

Je n'envoie aucune commande de mouvement à Mia.

— J'ai pas les codes ! me lance mon père.

— Qu'est-ce que tu veux dire ?

— En société, avec les gens, j'ai pas les codes.

— C'est plutôt étonnant pour un codeur en I.A., lui dis-je, dédaigneux.

— J'ai fait des erreurs avec toi, avec ta mère, j'en suis conscient. Sans doute que je suis un peu trop passionné, mais les gens, je ne comprends pas leur programme interne. Ce n'est pas mon domaine.

— Si tu t'intéressais un peu plus à ceux qui t'entourent, on aurait peut-être moins de difficulté à faire comprendre la sensibilité à Mia !

— C'est pour ça que j'ai besoin de toi. Tu es plus doué que moi.

— C'est ce que je dis depuis le début, tu as besoin de moi pour faire marcher ta machine !

— C'est tout l'inverse, Damien. Quoi que tu en penses, mon souci premier est de te voir t'épanouir dans ta vie. Et pour ça, la seule solution possible, c'est d'optimiser Mia. Es-tu d'accord pour m'aider ?

Je hausse les épaules :

— Franchement, est-ce que j'ai le choix ?

— Les chocs électriques, ça s'est reproduit, n'est-ce pas ? me demande-t-il.

— Oui, ça se produit tout le temps quand je suis proche de Jasmine. C'est un peu agaçant.

— Justement, vous êtes proches.

— Quand ça se produit, oui…

— Non, je veux dire… il y a quelque chose entre vous !

— Là, ça ne concerne plus Mia.

— Tu as des sentiments pour Jasmine ?

— Ben là, c'est pas parce que tu m'as collé un ordinateur dans la tête que tu dois tout savoir !

Mon père continue sur sa lancée :

— Tu n'as des sensations tactiles que lorsque tu es en contact avec Jasmine.

— Et alors ?

— Et alors, ça change tout !

Jeudi, dix heures et demie, je me rends à la salle de spectacle de l'école.

Je l'avoue, je suis assez stressé. Le reste de la classe est à la pause.

Hier soir, j'ai encore essayé de répéter avec Mia la pièce que nous devons jouer.

Mia reproduit très bien le jeu de Maxime ou la partie « métal » qu'elle a apprise sur Internet, mais jouer avec sensibilité dans la première partie, on n'y arrive pas.

J'ai même tenté de lui donner un style en lui suggérant comment jouer l'intensité de chaque note, rien à faire, ça va trop vite, on s'emmêle mutuellement.

Je m'assieds sur scène en même temps que Maxime. Il a l'air de très mauvaise humeur. Il est sûrement convaincu, à raison, que je vais faire une interprétation basique.

Il ne lève même pas les yeux lorsque je prends place. Je m'attendais à une remarque désagréable, mais rien.

Lorsque je redresse la tête, je vois mon prof, monsieur Patrick, en bas de la scène, prêt à nous donner le tempo.

Pour le reste, les dix premières rangées sont remplies par les élèves de secondaire un et quelques parents qui sont venus écouter le discours du directeur et rencontrer les profs titulaires.

— *Mia, est-ce que ça va aller?*

— *Je suis prête, Damien.*

— *On se base sur le jeu de Maxime dans la première partie, c'est ce qu'on peut faire de mieux.*

Alors que nous nous apprêtons à commencer, la porte du fond s'ouvre. Jasmine entre d'un bon pas et va s'asseoir. Elle lève les deux pouces en l'air en signe d'encouragement. Je ne sais pas si elle s'adresse à nous deux, à moi, ou à Maxime.

De toute manière, ce dernier ne regarde même pas.

Notre prof nous donne le tempo:

— Trois, quatre…

Dès les premières notes, je constate que Mia suit exactement le jeu de Maxime.

Trop exactement.

Tellement que ça donne l'effet d'un drôle d'écho. Or c'est justement les nuances de jeu qui devraient créer l'intérêt de ce duo.

Ça ne marche pas du tout. J'essaie d'envoyer quelques consignes à Mia, mais c'est encore pire.

Je sens de grosses gouttes couler dans mon dos.

Je jette un œil à mon prof, il me fait signe de varier mon jeu… Varier, je ne peux pas.

Après m'avoir suivi en pleine rue, rendu au chalet, mon père est resté concentré sur son ordinateur portable une bonne partie de la soirée.

Il a finalement décidé de se remettre à parler au souper.

— Techniquement, ton corps n'est pas capable de transmettre des informations sur la chaleur, le froid ou la douleur à ton cerveau, puisqu'il n'y a plus de lien direct entre les deux.

— Encore le problème de hub qui est débranché?

— Oui, à cause de la rupture de ta moelle épinière, non seulement tu ne peux plus bouger, mais les différentes sensations ne passent pas non plus.

— Mia peut les transmettre?

— Mia peut transmettre verbalement le danger qu'elle détecte grâce à des capteurs sur tes prothèses, mais ce n'est pas la même chose. Ici, tu ressens le choc.

Mon père a réfléchi, penché sur son ordinateur portable qu'il avait installé sur la table à dîner.

— C'est comme si, dans certains cas, Mia était en mesure de communiquer à ton cerveau des informations que tu ne devrais plus percevoir.

Jasmine me regarde. Elle me refait un signe avec son pouce. Je reste prisonnier de son regard. Je ne sais pas pourquoi. Au fond, j'ai fait ce que j'ai pu avec Mia ; si ça ne marche pas, tant pis. Mais plus je regarde Jasmine, plus je me détends. Ça me fait du bien.

Je repense à ce dont nous avons parlé avec mon père hier soir. Dans certains cas, Mia est apte à faire passer des informations sensitives de mes membres à mon cerveau. Chaque fois que ça s'est produit, c'était en présence de Jasmine. Et si ce que mon père m'avait dit était exact ? Et si…

Je me remémore notre balade hier soir vers sa maison, notre enlacement, sa joue contre la mienne.

Cette fois, je ne suis plus du tout concentré sur la musique. J'ai l'impression d'être dans un moment de relaxation complète et que ses yeux sont le plus bel endroit du monde. Plus besoin d'en sortir. En plus, je suis bercé par deux guitares qui jouent une mélodie tout en nuances…

Tout en nuances ?

Sans quitter Jasmine des yeux, je tends une oreille. C'est incroyable, ça marche ! Mia joue la mélodie, mais avec sa propre interprétation. Pourtant, dès que je me concentre sur la musique et sur ce que font mes doigts, elle redevient une pâle copie de la version de Maxime. Je fais un autre essai. Je ne m'occupe plus de Mia, plus de mon corps. Je repense à ma promenade avec Jasmine, la balade bras dessus, bras dessous. À sa main qui prend la mienne pour la mettre autour de sa taille, à son odeur.

Le jeu de Mia est parfait !

J'y suis !

Jasmine, c'est mon ruisseau qui coule dans la forêt !

Je n'ai qu'à me concentrer sur elle, et Mia fait le reste.

Quand je lâche prise et que je me concentre sur autre chose, Mia capte et interprète mon état d'esprit, mes impressions, et les transmet à mes doigts puis à l'instrument.

Sans que je m'en rende compte, nous abordons la seconde moitié du morceau.

J'ai toujours le regard fixé sur Jasmine. Je joue trop lentement.

Mon prof me fait signe d'augmenter la cadence.

Faut que je pense à autre chose. C'est là que Mia me donne un coup de main.

Elle utilise mes lunettes et fait apparaître dans un coin le clip vidéo dont elle s'inspire pour jouer cette partie.

Je me prête au jeu. Mia pilote mes membres et moi ma tête. Tous les deux, nous contrôlons la grande marionnette qu'est mon corps et nous nous débrouillons de mieux en mieux.

Je joue maintenant en mode heavy métal, debout sur la scène, en me secouant dans tous les sens.

Les élèves de secondaire un ne s'y attendaient pas du tout, mais ça marche ! Mon prof avait raison. Ils sont tous debout et tapent dans leurs mains. Du pur bonheur !

Même Jasmine s'y est mise !

Finalement, notre interprétation a fait l'unanimité. Les élèves ont adoré.

Maxime et moi saluons notre public.

— Alors, je ne t'ai pas trop fait honte ? dis-je à mon partenaire alors que nous quittons la scène.

— Ça va, tu t'en es bien sorti, avoue Maxime, maussade. Pas la peine d'en faire une montagne.

Décidément, ce gars-là est tout le temps de mauvaise humeur.

Mon prof vient me voir à son tour.

— Ta première partie était parfaite ! Tu vois, avec un peu de pratique…

— Et une bonne dose d'inspiration, dis-je pour compléter.

Mon prof éclate de rire.

— Oui, bien sûr, de l'inspiration !

Il pointe Jasmine du regard.

— Ton inspiration, je crois qu'elle t'attend !

Mon père me l'avait dit : Mia est une éponge, elle se nourrit de tout ce que je ressens !

Il m'a fait comprendre son idée, hier, avant de me coucher.

— Rien n'empêche que, si Mia fait passer des sensations de tes membres à ton cerveau, l'inverse puisse se faire aussi !

— Tu veux dire qu'en fonction des informations qu'elle capte dans ma tête, ça peut la rendre plus sensible ?

— Dans certaines conditions particulières, je pense que oui.

— Quelles conditions ?

Mon père passe sa main dans ma tignasse.

— Ben là, t'as pas encore deviné ?

Je range la guitare dans son étui pendant que le directeur de l'école monte sur la scène.

Je retrouve Jasmine en bordure de la salle, surpris de ne pas la voir avec Maxime. Je lui souris.

— T'es pas allée voir ton chum ? Il a suivi la cadence !

— Non, mais, quelle interprétation tu viens de faire ! C'était fou !

Jasmine m'attrape par le bras. Mia le positionne immédiatement. Un petit éclair bleu crépite entre nous deux.

On se dirige vers le couloir pour nous rendre au prochain cours.

La pause du matin n'est pas encore terminée.

Les spectateurs sont restés dans la salle pour un discours de bienvenue.

Le couloir est désert.

— Sérieux, attends ton chum, au moins !

— On n'est plus ensemble.

Je suis surpris. Je demande à Mia de me libérer du bras de Jasmine pour me placer devant elle.

— Ben voyons, qu'est-ce qui s'est passé ?

— Hier soir, je lui ai dit que c'était fini. T'avais raison, il est trop grincheux. J'étais fatiguée de son caractère.

Là, je comprends un peu mieux l'humeur massacrante de Maxime pendant notre prestation.

— Oh, je vois. C'est plate. Mais pourquoi t'étais là, alors ?

— Je voulais voir comment tu avais progressé, m'explique Jasmine en me reprenant par le bras.

— Tu m'espionnes ?

— Mmm, un peu…

— Et quel est ton verdict ? Quelle partie as-tu préférée ?

— C'était pas mal du tout. La partie métal était très amusante.

— Je trouve aussi.

Jasmine me rejoue la même scène qu'hier. Elle est face à moi et attrape mes mains, qu'elle met autour de sa taille. Mia obtempère.

— Mais j'ai préféré la partie où tu me regardais tout le temps…

Glups… Je me rends compte que mon stress d'avant scène n'était rien comparé à celui que je ressens en ce moment.

— Disons que… que j'ai trouvé mon inspiration !

— *Mia… fais quelque chose…*

Jasmine plonge ses yeux dans les miens.

— *Je demande une confirmation, Damien !* insiste Mia.

— *Fais ce qu'il faut…*

Aussitôt, je vois mes deux bras enlacer complètement Jasmine, une main à sa taille, l'autre derrière sa nuque. Dans un mouvement ample, Mia fait basculer le corps de Jasmine presque à l'horizontale. Elle est obligée de se suspendre à mon cou pour ne pas tomber.

— Damien, qu'est-ce que tu…

Je ne lui laisse pas le temps de finir sa phrase, ma bouche se colle contre la sienne.

Mia ne peut s'empêcher de mettre en vidéo, au coin de mes lunettes, la scène d'un vieux film dont elle tire le mouvement, histoire sans doute que je m'inspire du baiser.

— *Mia, ça va, je me débrouille.*

— *Il est important de noter que dans le cas illustré, ils utilisent la langue en même temps, peut-être que...*

— *ÇA VA !*

Je reste collé sur les douces lèvres de Jasmine jusqu'à ce qu'elle me repousse légèrement.

— J'ai un peu mal au dos, là.

Mia la redresse et la fait tourner sur elle-même comme si nous venions de danser le swing. Jasmine retombe dans mes bras.

— Fiou ! On ne m'a jamais embrassée comme ça !

— J'en fais trop ?

— Non, c'était...

Jasmine éclate de rire.

— ... C'était magique !

Elle se colle contre moi quelques instants. Les élèves commencent à envahir le couloir.

— Faudrait aller au cours, tu ne crois pas ?

— Oui, va falloir se frayer un chemin.

Aussitôt, mes bras attrapent Jasmine, l'un sous les aisselles, l'autre sous les genoux. Je la porte à bout de bras, façon chevalier.

— Damien, mais qu'est-ce que tu fais ? plaisante-t-elle en s'agrippant à mon cou.

Si seulement je le savais…

Nous voilà partis tous les deux dans le couloir. Les élèves se retournent sur notre passage.

— *Mia, tu n'en fais pas un peu trop ?*

— …

— *Mia, tu m'écoutes ? MIAAAAA !!!!!!*

Du même auteur chez d'autres éditeurs

Jeunesse
Le réfugié de l'enfer, Éditions Héritage, 2025.
Tous, tous, mes toutous, Les Éditions de la Bagnole, 2022.
La main, adaptation libre, Les Éditions de la Bagnole, 2016.
Le fantôme de l'opéra, adaptation libre, Les Éditions de la Bagnole, 2015.
L'étrange cas du Dr Jekyll et de M. Hyde, adaptation libre, Les Éditions de la Bagnole, 2015.
Dracula, adaptation libre, Les Éditions de la Bagnole, 2014.
La machine à explorer le temps, adaptation libre, Les Éditions de la Bagnole, 2014.
Frankenstein, adaptation libre, Les Éditions de la Bagnole, 2013.
Vingt mille lieues sous les mers, adaptation libre, Les Éditions de la Bagnole, 2013.
Ma sœur veut un zizi, Les Éditions de la Bagnole, 2012.
Beurk, des légumes !, ERPI, 2009.
Un boucan d'enfer, ERPI, 2006.
Maman va exploser, Éditions Lauzier, 2006 ; nouvelle édition, Les Éditions de la Bagnole, 2010.

SÉRIE LE CABINET DE L'ÉTRANGE
Le cabinet de l'étrange 1 – Les visions de l'ombre, Éditions Héritage, 2024.

SÉRIE SPOUTNIK
Spoutnik, Tome 4 – Jouons au ballon gravité, Éditions FouLire, 2020.
Spoutnik, Tome 3 – Attention, trou noir !, Éditions FouLire, 2020.
Spoutnik, Tome 2 – La course dans les étoiles, Éditions FouLire, 2019.
Spoutnik, Tome 1 – D'une planète à l'autre, Éditions FouLire, 2019.

SÉRIE ARCHIMÈDE TIRELOU INVENTEUR
Archimède Tirelou inventeur – Le fou du roi, Éditions Michel Quintin, 2009.
Archimède Tirelou inventeur – La pendule d'Archimède, Éditions Michel Quintin, 2006.
Archimède Tirelou inventeur – Une idée de grand cru, Éditions Michel Quintin, 2005.

Photo : © Annie Pronovost

FABRICE BOULANGER

AUTEUR

Fabrice Boulanger est auteur et illustrateur de livres pour la jeunesse. Peu avant de quitter sa Belgique natale pour émigrer au Québec, il fait des études supérieures en illustration et bande dessinée. Dès 2000, sa carrière d'illustrateur démarre rapidement. Passionné d'écriture autant que d'illustration, il commence à écrire ses propres histoires en 2005. En 2013, il remporte le Prix jeunesse des libraires dans la catégorie « albums québécois » pour son livre *Ma sœur veut un zizi* (Les Éditions de la Bagnole, 2012). En 2023, *M.I.A. – Ma réalité augmentée* (Éditions Québec Amérique) a reçu le Prix de création littéraire du Salon international du livre de Québec et de la Ville de Québec ainsi que le prix Hubert-Reeves pour la meilleure œuvre de vulgarisation scientifique pour la jeunesse.

Fiches d'exploitation pédagogique

Elles accompagnent une grande partie de nos livres!
Retrouvez-les sur notre site Internet à la section Enseignants:

quebec-amerique.com

M.I.A. – Ma réalité augmentée a été achevé d'imprimer en juin 2025
sur les presses de l'imprimerie Gauvin, au Québec, Canada,
pour le compte des Éditions Québec Amérique.